AF404092

L'ÉCOLE

DES

BOURGEOIS,

COMÉDIE

EN TROIS ACTES.

Par Mʀ. ᴅ'Aʟʟᴀɪɴᴠᴀʟ.

VIENNE EN AUTRICHE,

De l'Imprimerie de J. L. N: de Chelen.

M. DCC. LXI.

ACTEURS.

Me ABRAHAM.

BENJAMINE, Fille de Me. Abraham.

M. MATHIEU, Frere de Me. Abraham.

DAMIS, Coufin & Amant de Benjamine.

UN COMMISSAIRE,
UN NOTAIRE, } Parens de Me. Abraham.

MARTON, Suivante de Benjamine.

PICARD, Laquais de Me. Abraham.

LE MARQUIS DE MONCADE.

UN COMMANDEUR,
UN COMTE, } Amis du Marquis.

M. POT-DE-VIN, Intendant du Marquis.

UN COUREUR du Marquis.

La Scene eſt à Paris chez Madame Abraham.

L'ÉCOLE
DES
BOURGEOIS,
COMÉDIE.

ACTE PREMIER.

SCENE PREMIERE.

MADAME ABRAHAM, BENJAMINE.

MADAME ABRAHAM.

Nfin, ma chere Benjamine, c'est donc ce soir
que tu vas être l'épouse de M. le Marquis de
Moncade. Il me tarde que cela ne soit déjà ; &
il me semble que ce moment n'arrivera jamais.

BENJAMINE

J'en suis plus impatiente que vous, ma mere : car outre
le plaisir de me voir femme d'un grand Seigneur, c'est que
comme cette affaire s'est traitée depuis que Damis est à sa
campagne, je serai ravie qu'à son retour il me trouve ma-
riée pour m'épargner ses reproches.

Me. ABRAHAM.

Eſt-cé que tu ſonge encore à Damis ?

BENJAMINE.

Non , ma mere.. Mais que voulez-vous! Il eſt neveu de feu mon pere ; nous avons été élevés enſemble : je ne con-noiſſois perſonne plus aimable que lui ; j'ignorois même qu'il en fût ; je lui trouvois de l'eſprit, du mérite : il étoit amuſant, tendre, complaiſant , je l'aimai auſſi.

Me. ABRAHAM.

Qu'il perd auprès de ce jeune Seigneur ! Qu'il eſt défait ! Qu'il eſt petit ! Qu'il eſt mince ! Son mérite paroît ridicule, ſa tendreſſe mauſſade. C'eſt un petit homme de Palais , la tête pleine de Livres, attaché à ſes Procès, un Bourgeois tout uni , ſans manieres, ennuyeux , doucereux à donner des vapeurs.

BENJAMINE.

Vive le Marquis de Moncade ! Le beau point de vue ! Que de légereté ! Quelle vivacité ! Quel enjouement ! Quelle nobleſſe ! Quelle graces ſur le tout !

Me. ABRAHAM.

Les Bourgeoiſes qui ne ſont pas connoiſſeuſes en bons airs , apellent cela étourderies , indiſcrétions , impoliteſſes ; mais cela eſt charmant ; les femmes de qualité en ſentent tout le prix ; & ce ſont elles qui les ont mis ſur ce pied là.

BENJAMINE.

Que j'ai de graces à rendre à la mauvaiſe fortune de Mon-ſieur le Marquis !

Me. ABRAHAM.

A ſa mauvaiſe fortune , dis-tu ?

BENJAMINE.

Du moins , ma mere , eſt-ce au dérangement de ſes affai-res que je le dois , & ſans les cent mille francs qu'il vous devoit , je ne l'aurois jamais connu. Qu'eſt-ce, Marton ? C'eſt lui , apparemment ?

SCENE II.

MADAME ABRAHAM, BENJAMINE, MARTON.

MARTON.

Madame, voilà M. Mathieu qui vient d'entrer.

BENJAMINE.

Mon oncle !

Me. ABRAHAM.

L'incommode vifite ! Comment lui déclarer votre mariage ? Cependant il n'y a plus à reculer.

BENJANINE.

Vous craignez qu'il ne goûte pas cette alliance ?

Me. ABRAHAM.

Oui, il a l'efprit fi peuple ! J'avois cru qu'en époufant
une fille de condition, comme il a fait, cela le décrafferoit ;
mais point du tout ; je ne fçai où j'ai péché un fi fot frere.
Voilà comme étoit feu votre pere.

MARTON.

Oh ! Mademoifelle n'en tient point.

BENJAMINE.

Si vous lui parliez du dédit que vous avez fait avec M.
le Marquis ?

Me. ABRAHAM.

Non ; garde-t'en bien.

BENJAMINE.

Il ne donnera jamais fon confentement.

Me. ABRAHAM.

On s'en paffera. Ne faudroit-il point, parce qu'il plaît à
M. Mathieu que vous époufiez fon Damis, que vous re-
nonciez à être Marquife, à être l'époufe d'un Seigneur ?
A figurer à la Cour ? Vraiment, Monfieur Mathieu, je vous
le confeille ; venez un peu m'étourdir de vos raifonnemens ;
je vous attends.

MARTON.

Le voilà.

SCENE III.

Me. ABRAHAM, BENJAMINE, M. MATHIEU.

M. MATHIEU.

AH, ah, ah, ah !

Me. ABRAHAM.

Qu'à-t'il donc tant à rire ?

M. MATHIEU.

Ma sœur, ma niéce, que je vous régale d'une nouvelle qui court sur votre compte !

M. ABRAHAM.

Sur le compte de Benjamine ?

M. MATHIEU.

Oui, Madame Abraham, & sur le votre aussi. Elle va vous réjouir, sur ma parole. On vient de me dire que…Oh ! ma foi, cela est fort plaisant.

Me. ABRAHAM.

Achevez donc.

BENJAMINE.

Bas.

Sa gayeté me rassure.

M. MATHIEU.

On vient donc de me dire que vous mariez ce soir Benjamine à un jeune Seigneur de la Cour, à un Marquis. Est-ce que cela ne vous fait pas plaisir ?

BENJAMINE.

Pardonnez-moi, mon oncle, puisque cela vous en fait.
à Me. Abraham.
Il le prend mieux que nous ne pensions.

Me. ABRAHAM.

Et qu'avez-vous répondu ?

M. MATHIEU.

Quoi ! ma sœur, ai-je dit. Oui, votre sœur, votre propre sœur, Madame Abraham. Bon, bon, quel peste de conte ! Rien n'est plus vrai. Et non, je ne vous crois point. Quelle aparence ! La veuve & la sœur d'un Banquier, & qui fair encore actuellement le commerce elle-même, donner sa fille à un Marquis ? Allons donc, vous vous mocquez. Mais vous ne riez pas, vous autres.

Me. ABRAHAM.

Il n'y a que les impertinens qui en rient.

BENJAMINE.

Je n'y vois rien de rifible, mon oncle.

M. MATHIEU.

Ma foi, vous avez raifon de vous fâcher toutes les deux; vous avez plus d'efprit que moi; & j'ai eu tort de prendre la chofe en riant; je ne penfois pas que c'étoit vous donner un ridicule.

Me. ABRAHAM.

Que voulez-vous dire, M. Mathieu, avec votre ridicule?

M. MATHIEU.

Laiffez, laiffez-moi faire; je m'en vais retrouver ces impertinensnouvelliftes, & leur laver la tête d'importance.

Me. ABRAHAM.

Qui vous prie de cela ?

M. MATHIEU.

Il vont trouver à qui parler.

BENJAMINE.

Il faut les méprifer.

M. MATHIEU.

Non, morbleu non, votre honneur m'eft trop cher.

Me. ABRAHAM.

Quel tort font ils à notre honneur ?

M. MATHIEU.

Quel tort, ma fœur, quel tort? Si ce bruit fe répand, que penfera de vous toute la Ville ? On vous regardera par tout comme des folles.

Me. ABRAHAM.

Et nous voulons l'être. La Ville eft une fotte, & vous auffi, Monfieurmon frere.

BENJAMINE.

Eft-ce une folie, mon oncle, que d'époufer un homme de qualité ?

M. MATHIEU.

Comment donc ? La chofe eft-elle vraie ?

BENJAMINE.

Eh ! mais, mon oncle.....

Me. ABRAHAM.

Hé bien, oui, elle eſt vraie.

M. MATHIEU.

Ma ſœur !

Me. ABRAHAM.

Eh bien, mon frere ! Il ne ſaut point tant ouvrir les yeux, & faire l'étonné. Qu'y a-t'il donc là dedans de ſi étrange ? Ma fille eſt puiſſamment riche ; & depuis la mort de ſon pere, j'ai encore augmenté conſidérablement ſon bien : je veux qu'elle s'en ſerve, qu'il lui procure un mari, qui lui donne un beau nom dans le monde, & à moi de la conſidération ; & jugez ſi je choiſis bien, c'eſt Monſieur le Marquis de Moncade.

M. MATHIEU.

Y ſongez-vous ? c'eſt un Seigneur ruiné.

Me. ABRAHAM.

Nul ne ſçait mieux que moi ſes affaires, mon frere. J'ai des billets à lui pour plus de cent mille francs. C'eſt un préſent de nôce que je lui ferai, & demain il ſera auſſi à ſon aiſe qu'aucun autre de Cour.

M. MATHIEU.

Et Benjamine, y ſera-t'elle à ſon aiſe ? Vous allez ſacrifier à votre vanité le bonheur & le repos de ſa vie.

Me. ABRAHAM.

Cela me plaît.

M. MATHIEU.

Qu'au moins mon exemple vous touche. Riche Banquier, par un fol entêtement de nobleſſe, j'épouſai une fille qui n'avoit pour bien que ſes ayeux ; quels chagrins, quels mépris ne m'a-t'elle pas fait eſſuyer tant qu'elle a vêcu ?

Me. ABRAHAM.

Vous les méritiez, aparemment ?

M. MATHIEU.

Elle & toute ſa famille puiſoient à pleines mains dans ma caiſſe ; & elle ne croyoit pas que je l'euſſe encore aſſez payée.   Me. ABRAHAM.

Elle avoit raiſon ; vous ne ſçavez pas ce que c'eſt que la qualité.   Mr.

M. MATHIEU.

Je n'étois son mari qu'en peinture ; elle craignoit de déroger avec moi ; en un mot, j'étois le George Dandin de la Comédie.

Me. ABRAHAM.

Elle en usoit encore trop bien avec vous.

M. MATHIEU.

N'exposez point ma niéce à endurer des mépris.

Me. ABRAHAM.

Des mépris à ma fille, des mépris ! Ma fille est-elle faite pour être méprisée ? Monsieur Mathieu, en vérité, vous êtes bien piquant, bien insultant, pour me dire ces pauvretés en face : il n'y a que vous qui parliez comme cela ; & sur quoi donc jugez-vous qu'elle mérite du mépris ? Qu'a-t'elle, s'il vous plaît, qui ne soit aimable ? Voilà un visage fort laid, fort désagréable ! Je ne sçais, si vous n'étiez pas mon frere, ce que je ne vous ferois point dans la colere où vous me mettez.

BENJAMINE.

Mon oncle, quand Monsieur le Marquis ne seroit pas un galant homme, comme il est, je me flatterois par ma complaisance de gagner son affection.

M. MATHIEU.

Quoi ! vous aussi, ma niéce ? Pouvez-vous oublier ainsi Damis ?

Me. ABRAHAM.

Laissez-là votre Damis. Qu'allez-vous lui chanter ? Qu'il étoit neveu de feu son père ? Elle le sçait bien. Qu'il la lui avoit promise en mariage ? J'en conviens. Que c'est un Conseiller, aimable de figure, plein d'esprit ? Tout ce qu'il vous plaira. Qu'il n'est point comme les autres jeunes Magistrats, dont le cabinet est dans les assemblées & dans les bals ? Tant mieux pour lui. Qu'il aime son métier ? Qu'il y est attaché ? Qu'il cherche à le remplir avec honneur & conscience ? Il ne fait que son devoir.

M. MATHIEU.

Ajoûtez à cela que j'ai promis d'assurer mon bien à Benjamine, & que si elle n'est pas à Damis, mon bien ne sera pas à elle.

B

Me. ABRAHAM.

Hé! gardez-le, Monsieur Mathieu, gardez-le; elle est assez riche par elle-même; & ce seroit trop l'acheter que d'écouter vos sots raisonnemens.

M. MATHIEU.

Je le garderai aussi, Madame Abraham. Adieu, adieu. Et quand je reviendrai vous voir, il fera beau.

Me. ABRAHAM.

Adieu, Monsieur Mathieu, adieu!

SCENE IV.

Me. ABRAHAM, BENJAMINE.

BENJAMINE.

Voilà mon oncle bien en colère contre nous.

Me. ABRAHAM.

Permis à lui.

BENJAMINE.

Vous auriez pû, ce me semble, lui annoncer la chose un peu plus doucement; peut-être y auroit-il donné son agrément.

Me. ABRAHAM.

Et que m'importe?

BENJAMINE.

Je suis au désespoir de me voir brouillée avec lui.

Me. ABRAHAM.

Bon, bon! Ah! Qu'il se défâchera bientôt : il t'aime. Je ne suis pas trop fâchée, moi, qu'il nous boude un peu ; cela l'éloignera d'ici pour quelques jours : & je n'aurois pas été fort contente qu'on l'eûr vû figurer ici ce soir en qualité d'oncle, parmi les Seigneurs qui viendront sans doute à tes nôces. C'est un assez méchant plat que sa personne. Dieu merci, nous en voilà défaits. Je veux aussi éloigner tous nos parens. Ce sont gens qu'il ne faut plus voir désormais.

SCENE V.

Me. ABRAHAM, BENJAMINE, MARTON.

MARTON.

Misericorde ! Pour moi, je crois que l'enfer eſt dechaî-
né aujourd'hui contre votre mariage : Voilà Damis
qui vient par la porte du jardin.

BENJAMINE.

Damis ! quoi ! il eſt de retour ?

MARTON.

Aparemment.

Me. ABRAHAM.

Va-t'en lui dire qu'il n'y a perſonne. Mais, non, non, re-
viens ; il vaut mieux....

MARTON.

Hâtez-vous de réſoudre, il aproche.

Me. ABRAHAM.

Eh, faut-il tant de façon ? il faut le congédier.

BENJAMINE.

Pour moi, je me retire, je ne ſçaurois ſoutenir ſa vue.

Me. ABRAHAM.

Marton nous en défaira. *à Marton.* Charge-t'en.

MARTON.

Très-volontiers ; vous n'avez qu'à dire.

Me. ABRAHAM.

Il faut que tu lui donne ſon congé, mais cela d'un ton
qu'il n'y revienne plus.

MARTON.

Oh ! Laiſſez-moi faire. Je ſçai comment m'y prendre ;
c'eſt une partie de plaiſir pour moi.

BENJAMINE.

Marton, ne le maltraite point. Renvoye-le le plus doucement que tu pourras. Il me fait pitié.

MARTON.

Rentrez, rentrez.

SCENE VI

MARTON *seule.*

DE la pitié pour un homme de robe ! La pauvre espé-
ce de fille ! Je crois, le Ciel me pardonne, qu'elle
l'aime encore ! Mais j'y vais mettre ordre. Oh ! ma foi, il
tombe en bonne main : le voilà.

SCENE VII.

DAMIS, MARTON.

DAMIS.

Bon jour, Marton.

MARTON.

Bon jour, Monsieur.

DAMIS.

Comment se porte ma chere Benjamine, & Madame Abraham ma tante ?

MARTON.

Bien.

DAMIS.

Elles vont être bien joyeuses de me voir de retour ?

MARTON.

Oui.

DAMIS.

L'impatience de les revoir m'a fait laisser à ma Terre mille
affaires imparfaites.

MARTON.

Il falloit y rester pour les terminer. Elles en auroient été
charmées ; & en votre place, j'y retournerois sans les voir.

DAMIS.

Va, folle, va m'annoncer ; je brûle de les embrasser.

MARTON.

Elles n'y sont pas, Monsieur.

DAMIS.

On m'a dit là-bas qu'elles y étoient.

MARTON.

Eh bien , on m'a défendu de faire entrer personne ; cela revient au même.

DAMIS.

Va , va toujours. Cette défense à coup sûr n'est pas pour moi.

MARTON.

Pardonnez-moi , Monsieur , elle est pour vous plus que pour personne , pour vous seul.

DAMIS.

Que veux-tu dire ? Explique-toi ?

MARTON.

Comment , vous n'y êtes pas encore ? Vous avez la con-ception bien dure , cela est clair comme le jour. Je vois bien qu'il vous faut donner votre congé tout crûment. C'est votre faute , au moins. Je voulois vous enveloper cette malhonnêteté dans un compliment ; mais vous ne voyez rien , si vous ne le touchez au doigt. Ma maîtresse donc m'a chargé de vous prier de sa part de ne plus l'aimer , de ne plus la voir , de ne plus venir ici , de ne plus penser à elle ; bien entendu que de son côté elle vous en promet autant.

DAMIS.

Ah Ciel ! Benjamine cesseroit de m'aimer ?

MARTON.

La grande merveille !

DAMIS.

Quel crime , quel malheur peut m'attirer aujourd'hui sa haine ? Dequoi suis-je coupable à son égard ? Que lui ai-je fait ?

MARTON.

Hé non , Monsieur Damis , elle ne se plaint point de vous. Mais mettez-vous en sa place. Figurez-vous qu'elle vous aime à la rage. Vous ne lui avez dit jusqu'ici que des douceurs Bourgeoises , qui courent les rues , que chaque fille sçait par cœur en naissant. Il lui vient un jeune Seigneur , un Marquis de la haute volée , il ne pousse point de fleurettes , point de soupirs , il ne parle point d'amour , ou

s'il en parle, c'eſt ſans ſembler le vouloir faire, par diſtraction ; mais il étale une figure charmante, il aporte avec ſoi des airs aiſés, diſſipés, libertins, raviſſans ; il chante, il parle en même tems, & de mille choſes différentes à la fois : tout ce qu'il dit n'eſt le plus ſouvent que des riens, que des bagatelles que tout le monde peut dire, mais dans ſa bouche ces riens plaiſent, ces bagatelles enchantent, ce ſont des nouveautés, elles en ont les graces ; il parle d'épouſer, il parle de la Cour, de nous y faire briller.....
Hem ! Vous ne dites rien ! Vous voyez bien qu'il n'y a point de femme aſſez ſotte pour ſe piquer de conſtance en pareil cas.

DAMIS.

Quoi, elle va épouſer un homme de Cour ?

MARTON.

Oui, s'il vous plaît, Monſieur le Marquis de Moncade, & à ſon exemple, moi, je renonce à votre Champagne, vous devez l'en aſſurer : & je vais donner dans l'Ecuyer.

DAMIS.

Monſieur le Marquis de Moncade ? Marton, je n'ai donc plus d'eſpérance ?

MARTON.

Bon ! Il y a un dédit de fait : & c'eſt ce ſoir qu'ils s'épouſent. Auſſi, il falloit que vous allaſſiez à votre Campagne ! Et mort de ma vie, à quoi vous ſert donc d'avoir tant étudié, ſi vous ne ſçavez pas qu'il ne faut jamais donner à une femme le tems de la réflexion ?

DAMIS.

Benjamine infidéle ! Je veux lui parler.

MARTON.

Cela eſt inutile, Monſieur.

DAMIS.

Je veux voir comment elle ſoutiendra ma préſence.

MARTON.

Nous n'entrerez pas.

DAMIS.

Que je lui diſe un mot.

MARTON.

Point. Que ces gens de robe ſont tenaces !

SCENE VIII.

LE MARQUIS DE MONCADE, DAMIS, MARTON.

DAMIS.

MA chere Marton !

MARTON.

Toutes ces douceurs font inutiles.

DAMIS.

Toi, qui es ordinairement fi bonne !

MARTON.

Je ne veux plus l'être.

DAMIS.

Veux-tu me voir à tes genoux ?

MARTON.

Hé ! Levez-vous, Monfieur.

DAMIS.

Non, je vais mourir à tes pieds, fi tu es affez cruelle, affez dure, pour me refufer la faveur. . . .

LE MARQUIS *fans être vu, à part.*

Les faveurs !   MARTON.

Que voulez-vous, Monfieur ?

DAMIS.

Tiens, ma chere Marton, voilà ma bourfe.

LE MARQUIS.

Oh, oh, diable, diable, il offre fa bourfe ! Il eft ma foi tems que je vienne au fecours de la pauvre enfant.
il va fe mettre entre Damis & Marton.

DAMIS.

Prens la de grace ?

MARTON *regardant la bourfe.*

Il m'attendrit.   Monfieur le Marquis !

LE MARQUIS.

Courage, Monfieur, courage ; mais, ma foi, vous ne vous y prenez pas mal.

DAMIS *s'en allant.*

Que je fuis malheureux !

LE MARQUIS *l'arrêtant.*

Hé non, hé non, que je ne vous faffe pas fuir. Revenez

donc, Monsieur, revenez donc. Je veux vous servir auprès
de Marton ; je suis fâché qu'elle vous refuse.

DAMIS.

Ah ! Monsieur, laissez-moi me retirer.

LE MARQUIS.

Allez, je vais la gronder d'importance des tourmens
qu'elle vous fait souffrir.

SCENE IX.

LE MARQUIS DE MONCADE, MARTON.

LE MARQUIS.

COmment, comment, Marton, tu rebutes ce jeune
homme, tu le désespére, tu le consumes ! Mais vraiment tu as tort, il est assez aimable. Tu te piques de cruau-
té ! Et fi , mon enfant, & fi , cela est vilain. C'est la vertu
des petites gens.

MARTON.

Mais, Monsieur le Marquis.....

LE MARQUIS.

Oh ! Quand tu verras le grand monde, tu aprendras à
penser, cela te formera.

MARTON.

Avec votre permission.....

LE MARQUIS.

Toi, cruelle ! Marton cruelle ! avec ces yeux brillans,
ce nez fin , cette mine friponne, ce regard attrayant ! Je
n'aurois jamais cru cela de toi. A qui se fier desormais ?
Tout le monde y seroit trompé comme moi. Toi, cruelle !

MARTON.

Hé non , Monsieur le Marquis....

LE MARQUIS.

Eh ! Tu ne l'es pas ! Tant mieux , mon enfant, tant
mieux. Je te rends mon estime, ma confiance : cela te re-
tablit dans mon esprit. Mais , dis-moi, qu'est-ce que ce jeune
soupirant ! N'est-ce pas quelque petit Avocat ?

MARTON.

MARTON.

Non, Monsieur le Marquis, c'est un Conseiller.

LE MARQUIS.

Un Conseiller ? La peste, Marton, un Conseiller ! Mais, ventrebleu, tu choisis bien, tu as du goût, tu ressembles à ta maîtresse, tu cherches à t'élever, tu ne donnes pas dans le bas, je t'en felicite.

MARTON.

Monsieur le Marquis, vous me faites trop d'honneur. Ce jeune homme est Damis, cousin de ma maîtresse, & ci-devant son amant, à qui je viens donner son congé.

LE MARQUIS.

Damis, dis-tu ? C'est Damis qui sort ? C'est à Damis que je viens de parler ? Ah ! morbleu, je suis au desespoir. Pourquoi diable ne me l'as-tu pas dit ? Je lui aurois fait mon compliment de condoléance. Mais, friponne, tu en sçais long, tu cherches à rompre les chiens : non, non, tu n'y réussiras pas, je ne prens point le change, je l'ai vu à tes genoux, j'ai entendu qu'il te demandoit des faveurs, tu étois interdite, & j'ai surpris un de tes regards qui promettoit. . . . .

MARTON.

Toute la faveur qu'il vouloit de moi, étoit de l'introduire auprès de ma maîtresse.

LE MARQUIS.

Et que ne me le disois-tu ? Je l'aurois introduit moi-même. C'est un plaisir que j'aurois été ravi de lui faire. Tu ne me connois pas. J'aime à rendre service. Benjamine l'a donc aimé autrefois ?

MARTON.

Oui, Monsieur, ils ont été élevés ensemble ; on le lui promettoit pour mari. Le moyen de ne pas aimer un homme, dont on doit être la femme !

LE MARQUIS.

Oui, tu dis bien ; le moyen de s'en empêcher ; il est vrai, cela est fort difficile.

MARTON.

Mais ma maîtresse ne l'aime plus, & je viens de lui signifier de sa part de ne plus venir ici.

LE MARQUIS.

Mais, mais cela eſt dur à elle, cela eſt inhumain : Renvoyer, congédier ainſi un ſoupirant pour moi, un jeune homme qu'on aimoit, un mari promis ? Oh !... Et lui, comment a-t'il pris cela ? Comment a-t'il reçu ce compliment ?

MARTON.

Avec déſeſpoir.

LA MARQUIS.

En effet cela eſt deſeſpérant. Je compatis à ſa peine. Mais tu devois bien lui dire pour le conſoler, que c'étoit moi, un Seigneur, Monſieur le Marquis de Moncade, qui lui enlevoit ſa maîtreſſe : Cela lui auroit fait entendre raiſon, ſur ma parole.

MARTON.

Bon ! La raiſon eſt bien faite pour ceux qui aiment.

LE MARQUIS.

A propos, où eſt donc tout le monde ? D'où vient que je ne vois perſonne ? Ni mere, ni fille ? Ne ſont-elles pas ici ? Benjamine eſt-elle encore couchée ? Va l'éveiller.

MARTON.

Elle s'eſt levée dès le matin. Eſt-ce qu'une fille peut dormir la veille de ſes nôces ? Elle eſt toujours ſur les épines.

LE MARQUIS.

Oui, je conçois que ſon imagination a à travailler.

MARTON.

Voilà déjà Madame Abraham.

SCENE X.

MADAME ABRAHAM, LE MARQUIS, MARTON.

Me. ABRAHAM.

HE, Monſieur le Marquis, quoi, vous êtes ici ?

LE MARQUIS.

Vous voyez, depuis une heure.

Me. ABRAHAM.

D'où vient donc que mes gens ne m'avertiſſent pas ? Voilà d'étranges coquins.

LE MARQUIS.

Et je commençois à jurer furieufement contre vous &
contre votre fille.

Me. ABRAHAM.

Je vous prie de m'excufer.

Le MARQUIS.

Je vous excufe.

Me. ABRAHAM.

Marton, va auprès de ma fille ; qu'elle vienne au plus
vîte ici.

SCENE XI.

MADAME ABRAHAM, LE MARQUIS.

LE MARQUIS.

Comment, diable, Madame Abraham, comment diable! Je n'y prenois pas garde. Quel ajuftement !
Quelle parure! Quel air de conquête ! Que la pefte m'é-
touffe fi vous n'avez encore des retours de jeuneffe; oui,
& on ne vous donneroit jamais l'âge que vous avez.

Me. ABRAHAM.

Vous êtes bien obligeant, Monfieur le Marquis.

LE MARQUIS.

Non, je le dis comme je le penfe. Quel âge avez-vous
bien, Madame Abraham? Mais ne me mentez pas, je fuis
connoiffeur.

Me. ABRAHAM.

Monfieur le Marquis, je compte encore par trente. J'ai
trente-neuf ans.

LE MARQUIS.

Ah ! Madame Abraham, cela vous plaît à dire. Trente-
neuf ans! Avec un efprit fi mur, fi confommé, fi fage, cette
élevation de fentimens, ce goût noble, ce vifage prudent?
Vous me trompez affurément. Vous avez trop de mérite,
trop d'acquis, pour n'avoir que trente-neuf ans. Oh ! ma
foi, vous pouvez vous donner hardiment la cinquantaine,
& fans crainte d'être démentie.

Me. ABRAHAM.

On s'en fâcheroit d'un autre ; mais il donne à tout ce qu'il dit une tournure si polie.... Monsieur le Marquis, le Notaire a-t'il passé à votre Hôtel pour vous faire signer le Contrat ?

LE MARQUIS *galamment.*

Non, pas encore. Nous signerons ce soir.

Me. ABRAHAM.

J'aurois été charmée que vous y eussiez vû les avantages que je vous fais.

LE MARQUIS.

Hé, Madame Abraham, parlons de choses qui nous réjouissent ; toutes ces formalités m'assomment. Ne vous l'ai-je pas dit ? Je me repose sur vous de tous mes intérêts.

Me. ABRAHAM.

Ils ne font pas en de méchantes mains, je vous assure.

LE MARQUIS.

Hé, je le sçai.

Me. ABRAHAM.

Je m'y démets entierement à vous de tous mes biens.

LE MARQUIS.

Hé, Madame Abraham, laissons tout cela, je vous prie. Vous verrez tantôt avec Pot-de-Vin mon Intendant : il doit venir, vous vous arrangerez avec lui.

Me. ABRAHAM.

Et voilà en avance une bourse de mille louis, pour faire les faux-frais de vos nôces.

LE MARQUIS *prenant la bourse gracieusement.*

Eh bien, Madame, donnez donc. Etes-vous contente ? En vérité, vous faites de moi tout ce que vous voulez. Je me donne au diable, il faut que j'aye bien de la complaisance.

Me. ABRAHAM.

Il est vrai, mais....

LE MARQUIS

Encore, Madame, encore ? Vous me persécutez. On diroit que je n'épouse votre fille que pour votre argent. Vous m'ôtez le mérite d'une tendresse désintéressée. Là, Madame Abraham, voilà qui est fini ; parlons de votre fille. Hei ?

Ne la verrons-nous point ? La voilà, peut-être ? Non, c'eſt
un de vos gens.

SCENE XII.

Me. ABRAHAM, LE MARQUIS, UN LAQUAIS.

LE MARQUIS.

Madame, on vous demande.

Me. ABRAHAM.

Qu'eſt-ce ?

LE LAQUAIS.

Monſieur le Commandeur de. . . .

Me. ABRAHAM.

Qu'il attende.

LE MARQUIS.

Qu'il attende ? Ah , Madame Abraham, cela eſt impo-
li. Un homme de condition ? Un Commandeur ?

Me. ABRAHAM.

C'eſt un emprunteur d'argent ; & je veux quitter le commerce.

LE MARQUIS.

Non pas, non pas. Gardez-le toujours. Cela vous déſen-
nuyera, & j'aurai quelquefois le plaiſir de vous aller viſiter,
dans votre Caiſſe. Allez , allez faire affaire avec le Commandeur.

Me. ABRAHAM.

Vous laiſſerois-je ſeul vous ennuyer ?

LE MARQUIS.

Non, non, je m'ennuyerai point.

Me. ABRAHAM.

C'eſt pour un inſtant ; & j'entends ma fille.

SCENE XIII.

LE MARQUIS *feul.*

Es fottes gens, Marquis, que cette famille ! Il y auroit, ma foi, pour en mourir de rire ; mais il y a déjà huit jours que cette Comédie dure, & c'eft trop : heureufement elle finira ce foir : fans cela, je défefpererois d'y pouvoir tenir plus long-tems, & je les envoyerois au diable, eux & leur argent. Un homme comme moi l'acheteroit trop.

SCENE XIV.

LE MARQUIS, BENJAMINE.

LE MARQUIS *tendrement.*

HE ! Venez donc, Mademoifelle ; venez donc. Quoi me laiffer feul ici, m'abandonner, faire attendre le Marquis de Moncade ! Cela eft-il bien ! Cela eft-il joli ! Je vous le demande.

BENJAMINE.

Monfieur le Marquis, je fuis excufable. J'étois à m'accommoder pour paroître devant vous ; mais comme je fçavois que vous étiez ici, plus je me dépêchois, moins j'avançois, tout alloit de travers. Je croyois que je n'en viendrois jamais à bout. Cela me défefperoit.

LE MARQUIS *gracieufement.*

C'étoit donc pour moi que vous vous arrangiez, que vous vous pariez ! Je fuis touché de cette attention. Vous êtes belle comme un Ange. Je fuis charmé de ce que je fais pour vous.

BENJAMINE.

Oui, Monfieur le Marquis ; je ferai mon bonheur le plus doux de vous voir tous les momens de ma vie.

LE MARQUIS.

Hé! Mademoiselle, vous avez un air de qualité, défaites-vous donc de ces difcours, & de ces fentimens bourgeois.

BENJAMINE.

Qu'ont-ils donc d'étrange ſ

LE MARQUIS.

Comment ce qu'ils ont d'étrange ſ Mais ne voyez-vous pas qu'on n'agit point ainſi à la Cour ? Les femmes y penfent tout différemment; & loin de s'enfevelir dans un mari, c'eſt celui de tous les hommes qu'elles voyent le moins.

BENJAMINE.

Comment pouvoir fe paffer de la vue d'un mari qu'on aime ſ

LE MARQUIS.

D'un mari qu'on aime ſ Mais cela eſt fort bien ; continuez, courage. Un mari qu'on aime ? Cela jure dans le grand monde. On ne fçait ce que c'eſt. Gardez-vous bien de parler ainſi, cela vous décrieroit, on fe mocqueroit de vous. Voilà, diroit-on, le Marquis de Moncade ; où eſt donc fa petite époufe ſ Elle ne le perd pas de vûe, elle ne parle que de lui, elle en eſt folle. Quelle petiteſſe ! Quel travers !

BENJAMINE.

Eſt-ce qu'il y a du mal à aimer fon mari ſ

LE MARQUIS.

Du moins, il y a du ridicule. A la Cour, un homme fe marie pour avoir des héritiers ; une femme pour avoir un nom : & c'eſt tout ce qu'elle a de commun avec fon mari.

BENJANINE.

Se prendre fans s'aimer ! Le moyen de pouvoir bien vivre enfemble ſ

LE MARQUIS.

On y vit le mieux du monde. On n'y eſt ni jaloux, ni inconſtant. Un mari, par exemple, rencontre-t'il l'amant de fa femme ; Eh ! mon cher Comte, où diable te foures-tu donc ſ Je viens de chez toi ; il y a un fiècle que je te cherche. Va au logis, va, on t'y attend ; Madame eſt de mauvaife humeur : Il n'y a que toi, fripon, qui fçache la remettre en joie. Un autre, comment fe porte ma femme,

Chevalier ? Où l'as-tu laissée ? Comment êtes-vous ensemble ? Le mieux du monde. Je m'en réjouis. Elle est aimable,
au moins ; & le diable m'emporte, si je n'étois pas son mari,
je crois que je l'aimerois. D'où vient que tu n'es pas avec
elle ? Ah ! Nous êtes brouillez, je gage ? Mais je vais lui
envoyer demander à souper pour ce soir, tu y viendras, &
je te veux racommoder.

BENJAMINE.

Je vous avoue que tout ce que vous me dites, me paroît
bien extraordinaire.

LE MARQUIS.

Je le crois franchement. La Cour est un monde bien nouveau pour qui n'a jamais forti du Marais. Les manieres de
se mettre, de marcher, de parler, d'agir, de penser, tout
cela paroît étranger ; on y tombe des nues, on ne sçait
quelle contenance tenir. Pour nous, nous y allons de plein
pied ; c'est que nous sommes les naturels du pays. Allez,
allez, quand vous en aurez pris l'air, vous vous y accou-
tumerez bientôt ; il n'est pas mauvais. Mais, *lui prenant la
main*, allons faire un tour de Jardin : je vous y donnerois
encore quelques leçons, afin que vous n'entriez pas toute
neuve dans ce pays.   *Fin du premier Acte.*

ACTE II.

SCENE PREMIERE.

MARTON, M. POT-DE-VIN.

MARTON.

Monsieur Pot-de-Vin, je viens de vous annoncer à
Monsieur le Marquis de Moncade, & il va venir.

POT-DE-VIN.

Je vous suis bien obligé, Mademoiselle Marton.

MAR-

MARTON.

Monsieur Pot-de-Vin , vous le connoissez donc, Monsieur le Marquis de Moncade ?

POT-DE-VIN.

Si je le connois ? Vraiment, je le crois , j'ai l'honneur d'être son Intendant.

MARTON.

Son Intendant ? Quoi ? Vous ne l'êtes donc plus de ce Président chez qui nous nous sommes vûs autrefois ?

POT-DE-VIN.

Fi donc , Mademoiselle Marton, fi donc ! un homme de robe ? Est-ce une condition pour un Intendant ? Ce Président ne devoit pas un sol , il payoit tout comptant , tout passoit par ses mains ; point de mémoires , pas le moindre petit procès : il n'y avoit pas de l'eau à boire pour moi dans cette maison , je n'y faisois rien , je me rouillois. J'y perdois mon tems & ma jeunesse ; j'y enterrois le talent qu'il a plu au Ciel de me donner.

MARTON.

Chez Monsieur le Marquis , je crois que vous le faites bien valoir le talent ?

POT-DE-VIN.

Oh ! ma foi , parlez-moi d'un grand Seigneur pour avoir un Intendant. Quelle noblesse chez eux ! Quelle générosité ! Quelle grandeur d'ame ! Dès qu'on veut ouvrir la bouche pour leur parler de leurs affaires , ils baillent, ils s'endorment, ils regardent comme au-dessous d'eux d'y penser seulement : C'est un tems qu'on vole à leurs plaisirs , on ne leur rend aucun compte , ils n'entrent dans aucuns détails : & Monsieur le Marquis pousse ces belles manieres plus loin qu'aucun autre. Chez lui je taille , je rogne tout comme il me plaît ; j'afferme ses Terres, je casse les Baux, je diminue les loyers, j'abbâts , je plante , je vends , j'achete , je plaide , sans qu'il se mêle de rien , sans qu'il le sçache.

MARTON.

Vous le ruineriez , je gage , sans qu'il s'en aperçût.

POT-DE-VIN.

Justement. Mais je suis honnête homme.

B

MARTON.

Bon ! A qui le dites-vous ? Est-ce que je ne vous connois pas ?

POT-DE-VIN.

Ah ! que Madame Abraham a d'esprit ! Que c'est une femme bien avisée, bien prudente ! Elle fait là une bonne affaire de donner sa fille à Monsieur le Marquis, & entre nous, Mademoiselle Marton, elle doit m'en avoir quelque obligation.

MARTON.

A vous, Monsieur Pot-de-vin ?

POT-DE-VIN.

Oui, oui, à moi, & si je disois un mot, quoique la chose soit bien avancée, je la ferois manquer.

MARTON.

Comment donc !

POT-DE-VIN,

Depuis que le bruit s'est répandu que Monsieur le Marquis épouse Mademoiselle Benjamine, dans toutes les rues où je passe, je suis arrêté par un nombre infini de gros Financiers & d'Agioteurs. Eh ! Monsieur Pot-de-Vin, me disent-ils, mon cher Monsieur Pot-de-Vin, j'ai une fille unique, belle comme l'Amour, & des millions ! .... Messieurs, il n'est plus tems, j'en suis fâché. Monsieur le Marquis a fait un dédit: Eh ! Nous le payerons avec plaisir, nous l'acheterons tout ce qu'il vaudra, Monsieur Pot-de-Vin, voilà ma bourse, Monsieur Pot-de-Vin, voilà mille Louis, prenez, livrez-nous sa main, qu'il épouse ma fille, vous le pouvez si vous voulez ; au moins parlez-lui de nos richesses.

MARTON.

C'est-à-dire, qu'il ne se donne qu'au plus offrant & dernier enchérisseur. Et vous les rebutez tous ?

POT-DE-VIN.

Je vous en réponds ; il ne manquent pas de me dire : ah ! Madame Abraham vous a mis dans ses intérêts ? Non, Messieurs, elle ne m'a encore rien donné. Cela n'est pas possible, Monsieur Pot-de-Vin, elle sent trop le prix du service que vous lui rendez, elle doit le payer au poids de l'or : je ne suis pas intéressé, Messieurs ; Mademoiselle

Marton, ne manquez pas de faire valoir à Madame Abraham mon defintéreffement.

MARTON.

Non, non, j'en aurai foin.

POT-DE-VIN.

Dites-lui bien que fi Monfieur le Marquis fçavoit cela,
peut-être changeroit-il de vifée ; mais que je me garderai
bien de lui en ouvrir la bouche.

MARTON.

Ah ! Monfieur Pot-de-Vin, Monfieur Pot-de-Vin, que
vous êtes bien nommé.

POT-DE-VIN.

Ce mariage ne vous fera pas de tort ; votre compte s'y
trouvera. Mademoifelle Marton, Monfieur le Marquis inf-
pirera la générofité à fon époufe. Vous verrez vos profits
croître au centuple, & vous connoîtrez la différence qu'il y
a de fervir la femme d'un Seigneur, ou celle d'un Bourgeois.

MARTON.

Voici Monfieur le Marquis, je vous laiffe avec lui.

S C E N E I I.

LE MARQUIS, POT-DE-VIN.

LE MARQUIS.

EH bien, qu'eft-ce ? Qu'y a t'il de nouveau, Monfieur
Pot-de-vin ? Quoi ? Me venir relancer jufqu'ici ? En
vérité, vous êtes un terrible homme, un homme étrange,
un homme éternel, une Ombre, une Furie attachée à
mes pas ? Çà, parlez donc, que voulez-vous ? Qui vous
amene ?

POT-DE-VIN.

Monfieur le Marquis, c'eft par votre ordre que je viens
ici.

LE MARQUIS.

Par mon ordre ? Ah, oui, à propos, vous avez raifon,
c'eft moi qui vous l'ai ordonné, je n'y penfois pas, je l'avois

oublié, j'ai tort. Monfieur Pot-de-Vin, c'eft ce foir que je me marie.

POT-DE-VIN.

Monfieur le Marquis, je le fçais.

LE MARQUIS.

Vous le fçavez donc ? Et tout.eft-il prêt pour la ceremonie, mes équipages ?

POT-DE-VIN.

Oui, Monfieur le Marquis.

LE MARQUIS.

Mes Caroffes font-ils bien magnifiques ?

POT-DE-VIN.

Oui, Monfieur le Marquis ; mais le Caroffier. . .

LE MARQUIS.

Bien dorés ?

POT-DE-VIN.

Oui, Moufieur le Marquis ; mais le Doreur. . .

LE MARQUIS.

Les Harnois bien brillans ? . . .

POT-DE-VIN.

Oui, Monfieur le Marquis ; mais le Sellier. . .

LE MARQUIS.

Ma livrée bien riche, bien lefte, bien chamarrée ? . . .

POT-DE-VIN.

Oui, Monfieur le Marquis ; mais le Tailleur, le Marchand de Galon. . .

LE MARQUIS.

Le Tailleur, le Marchand de Galon, le Doreur, le Diable ? qui font tous ces animaux-là ?

POT-DE-VIN.

Ce font ceux. . . .

LE MARQUIS.

Je ne le connois point, & je n'ai que faire de tous ces gens-là. Voyez, voyez avec eux ; & avec Madame Abraham.

POT-DE-VIN.

Mais, Monfieur le Marquis. . . .

LE MARQUIS.

Oui, voyez avec eux. N'entendez-vous pas le François ?

Cela n'eſt-il pas clair ? Arrangez-vous ; ce ſont vos affaires.

POT-DE-VIN.

Avec la permiſſion de Monſieur le Marquis...

LE MARQUIS.

Avec ma permiſſion ! M. Pot-de-Vin , vous êtes mon Intendant , je vous ai pris pour faire mes affaires. N'eſt-il pas
vrai que ſi je voulois prendre la peine de m'en mêler moi-
même , vous me ſeriez inutile, & que je ſerois fou de vous
payer de gros gages ! Vous ſçavez que je ſuis le meilleur
Maître du monde, j'en paſſe par - tout où il vous plaît : je
ſigne tout ce que vous voulez , & aveuglément, je ne chica-
ne ſur rien ; du moins , uſez en de même avec moi ; laiſſez-
moi vivre , laiſſez-moi reſpirer.

POT-DE-VIN *tirant un papier de ſa poche.*

Monſieur le Marquis , voici mon dernier mémoire, que
je vous prie d'arrêter.

LE MARQUIS.

Vous continuez de me perſécuter : arrêter un mémoire
ici ! Eſt-ce le tems ! le lieu ! Eh nous le verrons une autre
fois.

POT-DE-VIN.

Il y a une ſemaine que vous me remettez de jour à autre.
Je n'ai que deux mots.

LE MARQUIS•

Voyons donc ; il faut me défaire de vous.

POT-DE-VIN.

Il lit.

Mémoire des frais , miſes & avances faits pour le ſervice
de Monſieur le Marquis de Moncade, par moi Pierre-Roch
Pot-de-Vin , Intendant de mondit Sieur le Marquis...

LE MARQUIS.

Eh ! laiſſez là ce maudit préambule.

Il ſe jette dans un fauteuil.

POT-DE-VIN.

Premiérement...

Le Marquis ſiffle, & Pot-de-Vin s'arrête,

LE MARQUIS.

Continuez , continuez, je vous écoute.

POT-DE-VIN.

Pour un petit dîner que j'ai donné au Procureur, à fa
maîtreffe, à fa femme, & à fon clerc, pour les engager à
veiller aux affaires de Monfieur le Marquis, cent fept
livres.

LE MARQUIS *fe leve, & repete deux pas de Ballet.*

POT-DE-VIN.

Item, pour avoir mené les fufdits à l'Opéra, voiture &
rafraichiffemens y compris, foixante-huit livres onze fols
fix deniers.

LE MARQUIS *chante.*

C'eft trop languir pour l'inhumaine.
C'eft trop, c'eft trop....

POT-DE-VIN.

Pardonnez-moi, Monfieur le Marquis, ce n'eft pas trop :
en honnête homme, j'y mets du mien.

LE MARQUIS *riant.*

Eh ! qui diable vous contefte rien, M. Pot-de-Vin ? je
n'y fonge feulement pas. Quoi ? Voulez-vous encore m'en-
pêcher de chanter ? C'eft un autre affaire. Achevez vîte.

POT-DE-VIN.

Item, pour avoir été Parrain du fils de la femme du Com-
mis du Sécretaire du Raporteur de Monfieur le Marquis,
cent quinze livres. Item....

LE MARQUIS *lui arrachant fon mémoire.*

Eh ! Morbleu, donnez. Item ! Item ! Quel chien de jargon
me parlez-vous là ? Donnez ; j'ai tout entendu, j'arrête votre mémoire. Votre plume. Voilà qui eft fait. Dorefna-
vant, je ferai contraint de vous faire une trentaine de blancs
fignez, que vous remplirez de vos comptes, afin de n'avoir
plus la tête rompue de ces balivernes.

S C E N E   I I I.

LE MARQUIS, LE COMMANDEUR, M. POT-DE-VIN.

LE COMMANDEUR.

MOn cher Marquis ?

LE MARQUIS *courant à l'embraffade.*

Ah, c'eft toi, gros Commandeur ? Allez, allez, M.

Pot-de-vin, ayez soin de tout ce je vous ai ordonné, & revenez bientôt voir Madame Abraham.

SCENE IV.

LE MARQUIS, LE COMMANDEUR.

LE COMMANDEUR.

AH! Marquis, Marquis! je t'y prends avec M. Pot-de-vin chez Madame Abraham! Je te devine mon cher, le fait est clair, tu viens emprunter....

LE MARQUIS.

Moi, emprunter? Fi donc, Commandeur, fi donc! Pour toi, ta visite n'est point équivoque, je t'ai entendu annoncer.

LE COMMANDEUR.

Je suis de meilleure foi que toi, Marquis. Il est vrai, je viens de faire affaire avec elle, Ah quelle femme! Quelle femme.

LE MARQUIS.

Comment donc?

LE COMMANDEUR.

J'aimerois mieux mille fois avoir traité avec feu son mari, tout Juif qu'il étoit. Elle m'a vendu de l'argent au poids de l'or: c'est la femme la plus arabe, la plus grande friponne, la plus grande chienne. ...

LE MARQUIS.

Doucement, Commandeur, doucement, menagez les termes, ayez du respect, mon ami, n'injuriez point Madame Abraham devant moi.

LE COMMANDEUR.

Et quel intérêt t'avises-tu d'y prendre? Je t'ai entendu assez bien jurer contre elle; & cela il n'y a pas plus de huit jours.

LE MARQUIS.

Oui, j'en pensois comme toi; mais les choses ont bien changé.

LE COMMANDEUR.

Je ne te comprens pas.

LE MARQUIS.

Elle va être ma belle-mere.

LE COMMANDEUR.

Ta belle-mere ?

LE MARQUIS *riant.*

Oui , mon cher Commandeur , j'épouse sa fille ; j'épouse sa fille.

LE COMMANDEUR.

Allons donc, Marquis, tu te moques , tu es un badin.

LE MARQUIS.

Non , la peste m'étouffe.

LE COMMANDEUR.

Tu l'épouses? Là , là serieusement ?

LE MARQUIS.

Oui , très-serieusement.

LE COMMANDEUR.

Par ma foi, cela est risible. Ah , ah , ah !

LE MARQUIS.

N'est-il pas vrai ? Mais je suis las de traîner ma qualité, je veux la soutenir, j'épouserois le diable, Madame Abraham même : elle achete l'honneur de porter mon nom deux cens mille livres de rente.

LE COMMANDEUR.

Ventrebleu, Marquis , c'est assez bien le vendre & je ne te dis plus rien. Dieu sçait combien tu vas te rejouir quand tu te feras un peu familiarisé avec les espéces de l'Usuriere. Ton Hôtel va devenir le rendez-vous de tous les plaisirs ; Mais , dis-moi, Madame Abraham est fine, ne s'en dédira-t'elle point ?

LE MARQUIS.

Bon , bon , je la tiens. Elle est aussi folle de moi que sa fille ; & elles viennent de donner le congé à Damis , un petit Conseiller neveu de feu Monsieur Abraham, que Benjamine aimoit ci-devant.

LE COMMANDEUR.

C'est déjà quelque chose.

LE MARQUIS.

Et elle avoit à moi plus de cent mille francs de billets ;
elle m'a fait un dédit de la même somme.

LE COMMANDEUR.

Fort bien ; elle craignoit que tu ne lui échapasses.

LE MARQUIS.

Juftement.

LE COMMANDEUR.

Elle eft prévoyante. A quand la nôce ?

LE MARQUIS.

A ce foir.

LE COMMANDEUR.

Oh ! Ma foi, je m'en prie : je t'amenerai compagnie,
& je m'aprête à rire.

LE MARQUIS.

Venez, venez, venez tous ; venez vous divertir aux
dépens de la noble parenté où j'entre : bernez-les, ber-
nez-moi le premier, je le mérite. Madame Abraham, par
vanité, veut éloigner fes Parens de la nôce.

LE COMMANDEUR.

Oh ! Morbleu, qu'ils en foient, Marquis, où je n'y
viens pas.

LE MARQUIS.

Va, tu feras content.

LE COMMANDEUR.

Ce font, fans doute, des Originaux qui nous réjouiront.

LE MARQUIS.

Oui, oui, des Originaux, tu l'as bien dit, tu les dé-
finis à ravir. Il femble que tu lés connoiffes déja, des Procureurs, des Notaires, des Commiffaires !

LE COMMANDEUR.

Encore une Fête que je me promets ; c'eft quand ta petite époufe paroîtra la premiere fois à la Cour : oh ! morbleu ; quelle Comédie pour nos femmes de qualité ?

LE MARQUIS.

Elles verront une petite perfonne embarraffée, qui ne
fçaura ni entrer, ni fortir, ni parler, ni fe taire, qui ne
fçaura que faire de fes mains, de fes pieds, de fes yeux,
& de toute fa figure.

E

LE COMMANDEUR.

Oh ! Elles te devront trop, Marquis, de leur procurer
ce divertissement.

LE MARQUIS

Ne manque pas de leur annoncer ce plaisir.

LE COMMANDEUR.

Laisse-moi faire. Bien plus, je veux être son Ecuyer ,
son Introducteur le jour qu'elle y fera son entrée. N'y
consens-tu pas ?

LE MARQUIS.

Hé, mon cher, tu es le maître. Mais je veux te la faire connoître. Bon, elle vient à propos.

SCENE V.

LE MARQUIS, LE COMMANDEUR, BENJAMINE.

LE MARQUIS.

Approchez, Mademoiselle, voilà Monsieur le Commandeur qui veut vous faire la révérence.

LE COMMANDEUR.

Comment, comment, Marquis, une grande Demoiselle ,
bien faite, bien aimable, bien sage, bien raisonnable ? Ah !
Vous êtes un fripon, vous me trompiez, mon cher, vous
ne m'aviez pas dit cela.

BENJAMINE.

Vous êtes bien honnête, Monsieur le Commandeur.

LE MARQUIS.

Là, tout de bon, qu'en penses-tu ? Regarde la bien ,
examine.

LE COMMANDEUR.

Foi de Courtisan, elle est adorable.

BENJAMINE , *à part.*

Que ces gens de Cour sont galans !

LE MARQUIS.

Tu trouves donc que je ne fais pas mal de l'épouser ?

LE COMMANDEUR.

Comment, Marquis ? Je t'en loue.

LE MARQUIS.

Et qu'elle peut figurer à la Cour ?

LE COMMANDEUR.

Elle y brillera. C'étoit un crime, un meurtre, de laiſ-
ſer tant d'attraits dans la Ville. C'eſt une pierre précieu-
ſe qui auroit toujours été enterrée, & qu'on n'auroit jamais ſçu mettre en œuvre. Oui, oui. Je vous en ſouhaite,
Mrs. les Bourgeois, je vous en ſouhaite des filles de cette
tournure. Vraiment, c'eſt pour vous juſtement qu'elles ſont
faites, attendez-vous-y.

LE MARQUIS.

Mademoiſelle, Monſieur le Commandeur s'eſt offert à
vous introduire à la Cour, & vous êtes en bonne main ;
Il connoît bien le terrein.

BENJAMINE.

Je lui ſuis bien obligée.

LE COMMANDEUR.

Je ſuis ſûr par avance du plaiſir que vous ferez à nos
Dames, & de la joie que votre venue répandra. Mais j'aper-
çois Madame Abraham ; ſon aſpeſt m'effarouche : je cours
chez moi donner quelques ordres.

LE MARQUIS.

A la nôce ; ce ſoir.

LE COMMANDEUR.

Je m'y promets trop de divertiſſement pour y manquer.

S C E N E V I

LE MARQUIS, MADAME ABRAHAM, BENJAMINE.

BENJANINE.

MA Mere, voilà Monſieur le Commandeur qui ſe ſau-
ve en vous voyant paroître.

LE MARQUIS.

Oui, il a une dent contre vous Madame Abraham, &
vous lui avez vendu un peu trop cher l'argent que vous
venez de lui prêter.

Me. ABRAHAM.

Monſieur le Marquis eſt toujours malin.

LE MARQUIS.

Eh ! Morbleu, Madame, plumez-moi ces gros fils de
Financiers, dont les Peres avares ne meurent jamais, de
ces petits bâtards de la Fortune, qui s'érigent en Seigneurs,
de ces faquins que nous souffrons avec nous, parce qu'ils
payent ; aidez-les à dissiper en poste les larcins de leurs
Peres, avant qu'ils en soient maîtres, point de quartier
pour ces gens-là. Plumez-les, écorchez-les tout vifs, je
vous les abandonne : mais piller des gens de condition !
Des Commandeurs encore ! Ah ! ah ! Madame Abraham,
il y a de la conscience.

Me. ABRAHAM.

La mienne ne me reproche rien là-dessus.

BENJAMINE.

Cela n'empêchera pas Monsieur le Commandeur de venir ce soir à nos nôces.

LE MARQUIS.

Non, & je vais écrire à quelques autres Seigneurs de
mes amis, pour les en prier. Et vous, Madame Abraham, avez-vous de votre côté fait avertir vos Parens, &
ceux de feu votre Mari ?

Me. ABRAHAM.

Non, Monsieur le Marquis, je n'ai eu garde.

LE MARQUIS.

Vous n'avez eu garde ? Et pourquoi cela ?

BENJAMINE.

Ma Mere a raison, Monsieur le Marquis, il ne faut
point que ces gens-là y viennent.

Me. ABRAHAM.

Ce ne font que de petits Bourgeois. Voilà de plaisans
visages ! Ils auroient bonne grace à se trouver avec tous
vos Seigneurs ! C'est une honte que je veux vous épargner.

LE MARQUIS.

Non, Madame Abraham, non ; vous me connoissez
mal ; s'il vous plaît, qu'ils y viennent tous, ou il n'y a
rien de fait. Votre famille, quelle qu'elle soit, ne me fait
point deshonneur. Je vais annoncer vos Parens dans mes
Lettres à mes amis ; & je suis sûr qu'ils feront ravis de les

voir ici. Mais, dites-moi, là, là, parlez-moi à cœur ouvert; eſt-ce que vous voudriez que je les allaſſe prier moi-même? Volontiers, je le veux, ſi cela vous fait plaiſir, j'y cours, vous n'avez qu'à dire, me le faire ſentir.

BENJAMINE.

Ma Mere, empêchez donc Monſieur le Marquis d'y aller.

Me. ABRAHAM.

Hé! Monſieur le Marquis, vous me faites rougir de confuſion. Je ſerois au deſeſpoir qu'ils vous coûtaſſent la moindre démarche, ils n'en valent pas la peine, & puiſque vous voulez abſolument qu'ils viennent, je les vais faire avertir.

LE MARQUIS.

Pour Monſieur votre Frere, j'en fais mon affaire. Je veux aller moi-même le prier.

Me. ABRAHAM.

Ah! Monſieur le Marquis; n'y allez pas.

LE MARQUIS.

C'eſt une politeſſe que je lui dois, je veux m'en acquit-ter, & ſur le champ.

BENJAMINE.

Non, Monſieur le Marquis, je vous en prie, vous en aurez peu de ſatisfaction.

LE MARQUIS.

Pourquoi? Eſt-ce qu'il n'aprouve pas que j'entre dans ſa famille?

BENJAMINE.

Eh! Mais....

LE MARQUIS.

C'eſt-à-dire, non.

Me. ABRAHAM.

Il eſt coëffé de ſon Damis.

BENJAMINE.

C'eſt un homme ſi extraordinaire.

LE MARQUIS *gracieuſement.*

Hé! Tant mieux, ventrebleu, voilà les gens que j'aime à prier. Fût-ce un Tygre, un Ours, un Loup-garou, je veux l'amadouer, la rendre traitable, doux comme un

Mouton ; il ne m'en coûtera pour cela qu'un mot, qu'une révérence, qu'un regard , je n'aurai qu'à paroître.

BENJAMINE.

Je tremble qu'il ne vous reçoive impoliment.

Le MARQUIS.

Moi ? Un homme de Cour ? Cela feroit nouveau. Ah ! Ne craignez rien , je réponds de lui. Vous en fçaurez bientôt des nouvelles. Où loge-t'il ? N'eft-ce pas ici , vis-à-vis ?

Me. ABRAHAM.

Oui , Monfieur le Marquis.

LE MARQUIS.

J'y vole. Enfuite , j'irai écrire à mes amis ; & je veux auffi vous écrire un mot, afin que vous voyez comment un Seigneur s'exprime en amour. Damis vous a écrit quelquefois aparemment ? Eh bien, vous comparerez nos Billets. Adieu , adieu , Je vais à M. Mathieu. Où allez-vous donc Mefdames ?

Me. ABRAHAM.

Nous vous reconduifons.

LE MARQUIS.

Hé! Mefdames , laiffez-moi fortir. Je vous en conjure. Point de ces cérémonies-là.

S C E N E   V I I.

Me. A B R A H A M ,   B E N J A M I N E.

Me. ABRAHAM.

HÉ bien, ma Fille ; voilà pourtant cet homme de condition , qui au dire de M. Mathieu devoit t'accabler de mépris.

BENJAMINE.

Ha ! Ma Mere, plus je le vois, & plus j'en fuis enchantée.

Me. ABRAHAM.

Qu'il eût écarté de la nôce toute notre Parenté, dont la vue va lui reprocher qu'il fe mefaillie , cela étoit dans l'ordre ; nous le voulions nous-mêmes.

BENJAMINE.

Et tout le monde l'auroit fait en notre place.

Me. ABRAHAM.

Mais lui, nous menacer de rompre ce mariage ?

BENJAMINE.

Vouloir lui-même les aller prier ?

Me. ABRAHAM.

Ma fille, il faut les avertir. Qu'ils viennent, puisqu'il le veut ; mais la nôce faite, il y a mille occasions de rompre avec eux.

BENJAMINE.

Je tremble que mon Oncle ne lui fasse quelque malhonnêteté.

Me. ABRAHAM.

Effectivement, c'est un homme si grossier ; mais Monsieur le Marquis a de l'esprit.

BENJAMINE.

S'il pouvoit arracher son consentement ?

Me. ABRAHAM.

Je ne doute point qu'il n'en vienne à bout, s'il l'entreprend.

BENJAMINE.

Il est vrai que rien ne lui est impossible, & qu'il fait des gens tout ce qu'il veut.

SCENE VIII.

Me. ABRAHAM, BENJAMINE, MARTON.

MARTON.

Madame, M. Pot-de-Vin, l'Intendant de Monsieur le Marquis de Moncade, est-là ; lui dirai-je d'entrer ?

Me. ABRAHAM.

Non : je vais avec lui dans mon cabinet, & écrire en même-tems à tous nos Parens.

SCENE IX.

BENJAMINE, MARTON.

MARTON.

Madame votre Mere dit qu'elle va écrire à tous vos
Parens, & pourquoi cela?

BENJAMINE.

Pour les prier de mes nôces.

MARTON.

Miséricorde ! Eſt-elle folle ? Que voulez-vous faire de
ces nigauds-là ? Je m'en vais l'en empêcher.

BENJAMINE.

Hé ! Marton, Monſieur le Marquis le veut, il s'en eſt
expliqué.

MARTON.

Il falloit lui dire que c'étoit des pieds-plats, des animaux
lugubres.

BENJAMINE.

Nous le lui avons dit.

MARTON.

Oui ! Par ma foi, c'eſt donc qu'il veut ſe donner la Comédie.

BENJAMINE.

Je t'avouerai, que dans le fond de l'ame je ſuis charmée
de les avoir pour témoins de mon bonheur , & ſur-tout
mes Couſines. Quelle mortification pour elles, quel creve-
cœur de me voir devenir grand'Dame ; de m'entendre apeller Madame la Marquiſe ! Oh ! J'en ſuis ſûre, elles ne pour-
ront jamais ſoutenir mon triomphe. Qu'en dis-tu, Marton?

MARTON.

Aſſurément ; elles en créveront de dépit.

BENJAMINE.

Je brûle qu'elles ne ſoient déja ici.

MARTON.

Et moi, je crois déja les voir arriver une mine allon-
gée, un viſage d'une aune, des yeux étincelans de jalouſie,
la rage dans le cœur.   BENJAMINE.

BENJAMINE.

A: que tu les peins bien !

MARTON.

Et je les entends se dire les unes aux autres ; en vérité ce n'est que pour ces gens-là que le bonheur est fait ; cette petite fille creve d'ambition. Epouser un homme de Cour! Qu'a-t-elle donc de si aimable ? Voyez ! bon , bon , dira une autre, il est bien question d'être aimable. Pensez-vous que ce soit à sa beauté, à ses charmes que ce grand Seigneur se rend ? Vous êtes bien dupes. Vous croyez qu'il l'aime ? fi donc? c'est son argent qu'il épouse. Laissez faire la nôce, & vous verrez comme il la méprisera, & j'en serai ravie.

BENJAMINE.

Que leur mauvaise humeur me fera de plaisir ?

MARTON.

Elles enrageront bien davantage , quand elles vous entendront dire : Adieu Monsieur le Commissaire ; adieu ma cousine la Notaire, la Procureuse , Messieurs les Burgeois , doucereux Robins, mauvais plaisans du quartier; adieu le marais, l'Isle S. Louis , maisons où l'on va de porte en porte s'ennuyer, ou faire un quadrille, Madame la Marquise de Moncade vous dit adieu, elle vous quitte sans regret, nous allons à la Cour , nous allons à la Cour.

BENJAMINE.

Et Damis ; comment crois-tu qu'il prenne cela ?

MARTON.

Ma foi, c'est son affaire ; il se consolera de son mieux avec quelqu'autre.

BENJAMINE.

Il se consolera avec quelqu'autre? Quoi ! Tu crois qu'il pourra m'oublier ? MARTON.

Belle demande ! Il seroit bien fou de ne le pas faire.

BENJAMINE.

Va, Marton, je le connois mieux que toi : je suis sûre que ma perte lui fera bien sensible. Il m'aimoit trop pour pouvoir m'oublier si-tôt ; tu verras que n'ayant pas pû être à moi, il ne voudra jamais être à personne.

MARTON.

Que vous importe ?

BENJAMINE.

Il t'a donc paru bien triste, quand tu lui as ar... son congé ?

F

MARTON.

Fort trifte. Je vous l'ai déjà dit.

BENJAMINE.

Fais-moi un peu ce détail ?

MARTON.

Tenez ; le voici qui vous le fera mieux lui-même.

BENJAMINE.

Sauvons-nous, Marton.

SCENE X.

DAMIS, MARTON.

DAMIS.

Arrêtez, cruelle.

MARTON.

Cruelle ! c'eft bien le moyen de l'arrêter. Hé ! Monfieur Damis, que diantre vous faites fuir ma maîtreffe ? Je vous avois fi bien prié tantôt de ne plus revenir.

DAMIS.

Ciel ! Eft-ce à moi que le difcours s'adreffe.

MARTON.

Nous ne fommes point en état d'entendre vos lamentations. Notre imagination n'eft pleine que de nôces, d'habits, d'équipages, de Marquis, & de mille autres chofes encore plus réjouiffantes.

DAMIS.

La perfide !

MARTON.

Que voulez-vous ? lui faire des reproches ? apprenez que vous l'avez appellée infidelle, ingrate, inhumaine, & qu'elle vous a répondu que tel eft fon plaifir. Là portez vos doléances ailleurs. Je fuis votre trés-humble fervante, Monfieur le Confeiller.

SCENE XI.

DAMIS *feul.*

Elle me fuit ! elle m'abandonne ! elle m'oublie ! avec quelle froideur, & quel mépris elle vient de m'éviter !

SCENE XII.

Mr. MATHIEU, DAMIS.

DAMIS.

AH ! Mr. Mathieu, vous voyez le plus infortuné des amans ; Benjamine, la cruelle Benjamine , votre niéce...

Mr. MATHIEU.

Hé bien ! hé bien !

DAMIS.

Je ne veux plus la voir.

Mr. MATHIEU.

Bon.

DAMIS.

Je vais la haïr autant que je l'ai aimée.

Mr. MATHIEU.

A merveille.

DAMIS.

Elle peut épouser son Marquis.

Mr. MATHIEU.

Chanfons.

DAMIS.

Non , non , je la méprife, l'infidelle !

Mr. MATHIEU.

Laiffez-là toutes ces extravagances. Allez m'attendre chez moi. Je vais retrouver ma fœur, & lui parler comme il faut.

DAMIS.

Tout cela eft inutile, mon parti eft pris.

M. MATHIEU.

Hé ! taifez-vous, vous dis-je ? Je vais parler à Madame Abraham & à Benjamine d'un ton auquel elles ne s'attendent pas. Je ne leur ai pas dit tantôt tout ce qu'il falloit leur dire ; mais ne vous embarraffez pas ; ma niéce ce foir fera votre époufe ; & c'eft moi qui vous le promets. Sortez, fortez ; allez chez moi : dans un inftant je vous y rejoins avec de bonnes nouvelles. Adieu.

DAMIS.

Vous n'y réuffirez pas.

Mr. MATHIEU.

Vous êtes fous ma protection, c'eft tout dire.

SCENE XIII.

Mr. MATHIEU *seul.*

OH ! oh ! Madame ma sœur, & vous Mademoiselle
ma niéce, par la morbleu, vous allez voir beau jeu,
& je vous apprête un compliment. . . . il vous faut des
Seigneurs & ruinés encore. Ah ! ah ! laiſſez-moi faire. Je
ſuis dans une colére, que je ne me-poſſéde pas. Nous faire
cet affront ? . . . . Que ce Monſieur le Marquis aille épouſer ſes Marquiſes, & ſes Comteſſes ! Ah ! que je voudrois
bien, à l'heure qu'il eſt, le tenir ! que je le recevrois bien !
que je lui dirois bien ſon fait ! ni crainte ni qualité ne me
retiendroient. Je me moque de tout le monde, moi ; je ne
crains perſonne. Oui, je donnerois, je crois, tout mon bien
maintenant pour le trouver ſous ma coupe. Quel plaiſir
j'aurois à lui décharger ma bile !

SCENE XIV.

LE MARQUIS, M. MATHIEU,

à part.   LE MARQUIS.

Voilà aparemment mon homme ? je le tiens.

à part.   M. MATHIEU.

C'eſt lui je penſe ! qu'il vienne, qu'il vienne.

LE MARQUIS.

Monſieur, de grace, n'êtes-vous pas M. Mathieu.

bruſquement.   M. MATHIEU.   *à part.*

Oui Monſieur.   Nous allons voir.

LE MARQUIS.

Et moi, Mr le Marquis de Moncade, embraſſons-nous.

bruſquement.   M. MATHIEU.   *à part.*

Monſieur, je ſuis votre ſerviteur. Tenons bon.

LE MARQUIS.

C'eſt moi je ſuis le votre, ou le diable m'emporte.

à part.   M. MATHIEU.

Voilà de nos ſerviteurs.

LE MARQUIS.

Et je viens de chez vous pour vous en aſſurer. Ma bonne fortune n'a pas permis que je vous y trouvâſſe. Je vous
y ai attendu ; & j'y ſerois encore, ſi vos gens ne m'avoient
dit que vous veniez d'entrer ici.

à part. **M. MATHIEU.**

Il vient de chez moi !

LE MARQUIS.

Que je vous embrasse encore ! Vous ne sçauriez croire à quel prix je mets l'honneur de vous appartenir : mais ayez la bonté de vous couvrir.

M. MATHIEU.

J'ai trop de respect. . . .

LE MARQUIS.

Et ne me parlez point comme celà. Couvrez-vous. Allons donc, je le veux.

M. MATHIEU. *bas.*

C'est donc pour vous obéir. Il croit avoir trouvé sa dupe.

LE MARQUIS.

Mon cher oncle, souffrez par avance que je vous appelle de ce nom, & daignez m'honorer de celui de votre neveu.

M. MATHIEU.

Oh M. le Marquis, c'est une liberté que je ne prendrai point. Je sçais trop ce que je vous dois.

LE MARQUIS.

C'est moi qui vous devrai tout.

M. MATHIEU *à part.*

Je ne sçais où j'en suis avec les politesses.

LE MARQUIS.

M. Mathieu, je vous en prie, je vous en conjure.

M. MATHIEU *un peu brusquement.*

Je ne le ferai point, s'il vous plaît.

LE MARQUIS.

Quoi? Vous me refusez cette faveur? Il est vrai qu'elle est grande. **M. MATHIEU.**

Oh ! Point du tout.

LE MARQUIS.

De grace parez-moi du titre de votre neveu. C'est celui qui me flatte le plus.

M. MATHIEU.

Vous vous moquez.

LE MARQUIS.

Mon cher oncle, voulez-vous que je vous en presse à genoux- *Il se met à genoux.*

M. MATHIEU *se met aussi à genoux pour le faire relever.*

Hé ! Monsieur le Marquis, Monsieur le Marquis. . . . Mon neveu, puisque vous le voulez.

LE MARQUIS.

Il femble que vous le fafliez malgré vous.

M. MATHIEU.

Non Monfieur. *à part.* Le galant homme.

LE MARQUIS.

Parlez-moi franchement, eft-ce que vous n'êtes pas content que j'époufe votre niéce ?

M. MATHIEU.

Pardonnez-moi.

LE MARQUIS.

Vous n'avez qu'à dire. Peut-être protegez-vous Damis ?

M. MATHIEU.

Non , Monfieur, je vous affure.

LE MARQUIS.

Madame Abraham a dû vous dire. .. ..

M. MATHIEU.

Ma fœur ne m'a rien dit , & ce n'eft que ce matin que le bruit de la Ville m'a appris que vous faifiez à ma niéce l'honneur de la rechercher.

LE MARQUIS.

Que veut dire ceci ? Quoi vous ne le fçavez que de ce matin ?   M. MATHIEU.

Non Monfieur le Marquis.

LE MARQUIS.

Et par un bruit de Ville encore ? Eft-il croyable ? Madame Abraham, quoi ? Vous que j'eftimois, en qui je trouvois quelque fçavoir-vivre , vous manquez aux bienféances les plus effentielles ? Vous mariez votre fille , & vous n'en avez pas vous-même informé M. Mathieu ,votre propre frere , un homme de tête, un homme de poids ? Vous ne lui avez pas demandé fes confeils ? Ah! Madame Abraham, cela ne vous fait point d'honneur ; j'en ai honte pour vous ; & je fuis forcé de rabattre plus de la moitié de l'eftime que je faifois de vous.

bas.   M. MATHIEU.   *haut.*

Ce Courtifan eft le plus honnête-homme du monde. Ma fœur croyoit que je n'en valois pas la peine.

LE MARQUIS.

Je vois bien que c'eft à moi à réparer fa faute. Monfieur Mathieu, j'aime votre niéce, elle m'aime ; fa mère fouhaite ardemment de nous voir unis enfemble. Tout eft prêt pour la nôce, équipages, habits, feftin ; c'eft ce foir que nous

devons époufer ; mais je vais tout rompre, à caufe du mauvais procedé de votre fœur.

M. MATHIEU.

Hé non, hé non, M. le Marquis, je ne mérite pas. . . .

LE MARQUIS.

C'en eft fait, je n'y fonge plus.

M. MATHIEU.

Monfieur le Marquis, il faut l'excufer. . . .

LE MARQUIS.

Les mauvaifes façons m'ont toujours revolté.

M. MATHIEU.

M. le Marquis, je vous en prie, oubliez cela.

LE MARQUIS.

Non M. Mathieu, ne m'en parlez plus.

M. MATHIEU.

M. le Marquis, M. le Marquis, . . . Mon neveu. . . .

LE MARQUIS.

Ah ! Ce nom me défarme. Madame Abraham vous a
obligation, fi je tiens ma parole.

à part. ### M. MATHIEU.

Oh ! ma foi, voilà un aimable homme.

LE MARQUIS.

Embraffez-moi, de grace mon cher oncle ; je cours chez
moi écrire à votre niéce, & à mes amis ; & fur le portrait
que je leur ferai de vous, je fuis fûr qu'ils brûleront de
vous connoître ? Adieu, cher oncle. *à part s'en allant.* La
bonne pâte d'homme.

SCENE XV.

M. MATHIEU *feul.*

JE fuis charmé, tranfporté, enchanté de ce Seigneur. Je
fuis ravi qu'il époufe ma niéce. S'être donné la peine
d'aller chez moi, m'embraffer, m'appeller fon oncle, vouloir que je l'appelle mon neveu, fe fâcher contre ma fœur
à caufe de moi ! Oh ! quelle bonté ! Quel beau naturel !
J'en ai penfé pleurer de tendreffe ; allons revoir Madame
Abraham & Benjamine ; elles vont être bien joyeufes de
voir que j'approuve cette alliance ; mais que deviendra Damis ? Ce qu'il pourra, il fe pourvoira ailleurs ; il m'attend
chez moi... Oh ! ma foi, je n'oferois plus y aller rentrer.

Fin du fecond Acte.

ACTE III.

SCENE PREMIERE.

Me. ABRAHAM, M. MATHIEU, BENJAMINE,

Me. ABRAHAM.

HE bien, mon frere, j'avois grand tort de donner Benjamine à M. le Marquis de Moncade! Damis lui convenoit beaucoup mieux: je ne fçavois ce que je faifois.

M. MATHIEU.

C'eft moi, ma fœur, qui ne fçavois ce que je difois.

Me. ABRAHAM.

J'étois une imbécile, une extravagante, une folle, de marier ma fille à un Seigneur !

M. MATHIEU.

Je vous en demande pardon, j'étois un fot.

Me. ABRAHAM.

Elle devoit être malheureufe avec lui.

M. MATHIEU.

Prenez cela pour les apprehenfions d'un oncle qui aime fa niéce.

BENJAMINE.

Je vous en fuis obligée, mon oncle.

M. MATHIEU.

Mon propre exemple, & celui de tant de Bourgeois qui fe font mal trouvés de pareilles alliances, me faifoient trembler que ma Niéce ne tombât en de méchantes mains. Cette crainte me faifoit regarder Monfieur le Marquis avec de mauvais yeux: je me le repréfentois comme quantité d'autres Courtifans, c'eft-à-dire, comme un petit maître, étourdi, évaporé, indifcret, diffipateur, méprifant, dédaigneux ; mais point du tout ; j'ai eu le plaifir de voir que je m'étois trompé ; c'eft un jeune Seigneur, fage, pofé, aimable, plein d'efprit .. *.*

Me. ABRAHAM.

Ah ! ah ! Je connois bien mes gens.

BENJAMINE.

Je fuis ravie, mon Oncle, que vous en foyez content.

M. MATHIEU.

Oui, très-content, ma chere Niéce. Je jurerois que tu
feras avec lui la plus heureufe Femme de France. Je ne l'ai
vu qu'un inftant : mais je fuis fûr de ce que je dis. C'eft
bien le plus honnête homme, le meilleur cœur, le plus...
Oh ! Ma foi, j'en fuis enchanté.

Me. ABRAHAM.

Vous ne voulez donc plus la deshériter?

M. MATHIEU.

Vous avez entendu, comme je viens de dire à M. Pot-de
Vin, fon Intendant, que je lui affurois tout mon bien ; je
voudrois avoir cent millions, je les lui donnerois avec plus
de plaifir.

BENJAMINE.

Soyez fûr de fa reconnoiffance & de la mienne.

M. MATHIEU *riant.*

Je voudrois que vous m'euffiez vu quand je fuis entré
ici, je venois vous quereller, j'y ai trouvé Damis au defef-
poir, il m'a encore animé contre vous : enfin j'étois dans
une colere fi grande, que je croyois que j'allois vous étran-
gler, vous, Benjamine, & Monfieur le Marquis même.
Hélas ! Sitôt qu'il a paru, j'ai fenti peu à peu que ma colere s'évaporoit, & à la fin, je me fuis voulu un mal in-
croyable, de m'être opofé un feul moment à ce mariage.

Me. ABRAHAM.

Je fçavois bien, moi, que vous reviendriez fur fon compte.

M. MATHIEU.

Mais une chofe me tracaffe l'efprit.

BENJAMINE.

Qu'eft-ce, mon Oncle?

M. MATHIEU.

C'eft que j'ai imprudemment promis ma protection à
Damis, je l'ai envoyé chez moi m'attendre, & je vous
avoue qu'il m'embarraffe, je ne fçais comment y retourner, ni comment m'en défaire.

Me. ABRAHAM.

Quoi, ce n'eft que cela? Vous vous démontez pour
bien peu de chofe. Ah ! ah ! Laiffez-moi faire, il n'y a
qu'à apeller Marton.

M. MATHIEU.

Pourquoi faire?

Me. ABRAHAM.

Pour le congédier, elle l'entend à merveille, elle le fera bien vîte déguerpir de votre maison. Marton ? Bon ! La voilà qui vient à propos.

SCENE II.

MADAME ABRAHAM, M. MATHIEU, BENJAMINE, MARTON, UN COUREUR.

MARTON.

Madame, voilà le Coureur de Monsieur le Marquis qui demande à vous parler.

Me. ABRAHAM.

Faites entrer.   MARTON.

Entrez, Monsieur le Coureur.

LE COUREUR.

Très-humbles saluts, Mademoiselle Benjamine ; serviteur, Madame Abraham ; votre valet M. Mathieu ; bon soir friponne : Mademoiselle, voilà un Billet de Monsieur le Marquis de Moncade. Têtebleu, comme vous prenez cela ? On voit bien que vous devinez une partie des douceurs qu'il renferme.

Me. ABRAHAM.

Tenez, mon ami, voilà un Louis d'or pour votre peine.

LE COUREUR.

Grand merci, Madame.

M. MATHIEU.

Et en voilà aussi un, pour vous marquer combien j'aime, Monsieur le Marquis.

LE COUREUR.

Grand merci, Monsieur. Et vous, Mademoiselle, n'aimez-vous point mon Maître ?

MARTON.

Le drôle y prend goût !

LE COUREUR.

Il est amoureux de vous comme tous les Diables.

BENJAMINE.

Dites-lui bien, que nous l'attendons avec impatience.

LE COUREUR.

Il va accourir. Pour moi, je galope porter cet autre Billet chez un Duc des amis de mon Maître.

BENJAMINE.

Un Duc, ma Mere !

LE COUREUR.

C'eſt pour le convier à vos nôces. Votre très-humble &
très-obéiſſant. Sans adieu, mon adorable.

SCENE III.

Me. ABRAHAM, BENJAMINE, M. MATHIEU,
MARTON.

BENJAMINE.

TEnez, mon Oncle, liſez vous-même, afin que vous
connoiſſiez mieux ce que vaut Monſieur le Marquis.

M. MATHIEU.

Avec plaiſir.

Me. ABRAHAM.

Je brûle d'entendre ce Billet.

MARTON.

Pour moi, je ſuis perſuadée, qu'il contient de belles
choſes. BENJAMINE.

Tu vas entendre, Marton.

M. MATHIEU, *lit.*

Enfin, mon cher Duc..... Mon cher Duc !...
A Monſieur, Monſieur le Duc de ....

Me. ABRAHAM.

Vous verrez que le Coureur aura fait une mépriſe.

M. MATHIEU, *riant.*

Oui, juſtement. Il nous a donné le Billet qu'il portoit
à ce Duc, ami de ſon Maître. Peſte du butor !

Me. ABRAHAM.

Ne laiſſons pas de lire, puiſqu'il eſt décacheté.

M. MATHIEU, *riant.*

Enfin, mon cher Duc, c'eſt ce ſoir que je ... Que
je m'encanaille ....

Me. ABRAHAM.

Plaît-il, mon Frere ? Que dites-vous ? Liſez donc, liſez donc bien.

M. MATHIEU.

Liſez mieux vous-même, ma Sœur.

Me. ABRAHAM, *lit.*

Que je.... m'encanaille....

BENJAMINE, *lit.*

Que je . . . . m'encanaille. . . .

MARTON, *lisant.*

Oui . . . . Canaille. . . .

BENJAMINE.

Seroit-il possible, Marton?

MARTON.

Ma foi, j'en tremble pour vous.

M. MATHIEU.

Continuons de lire. (*Il lit.*) *Enfin, mon cher Duc, c'est ce soir que je m'encanaille ; ne manque pas de venir à ma nôce, & d'y amener le Vicomte, le Chevalier, le Marquis, & le gros Abbé. J'ai pris soin de vous assembler un tas d'originaux qui composent la noble famille où j'entre. Vous verrez premierement, ma Belle-mere, Madame Abraham. Vous connoissez tous, pour votre malheur, cette vieille folle . . . .*

Me. ABRAHAM.

L'impertinent !

M. MATHIEU.

Vous verrez ma petite future Madamoiselle Benjamine, dont le précieux vous fera mourir de rire.

MARTON.

Ecoutez, voilà des vers à votre honneur.

BENJAMINE.

Le scélerat !

M. MATHIEU.

Vous verrez mon très-honoré Oncle, Monsieur Mathieu, qui a poussé la science des Nombres, jusqu'à sçavoir combien un écu raporte par quart-d'heure . . . . . ., Le traître !

MARTON.

Le bon Peintre !

M. MATHIEU.

Enfin, vous y verrez un Commissaire, un Notaire, une accolade de Procureurs. Venez vous réjouir aux dépens de ces animaux-là, & ne craignez point de les trop berner, plus la charge sera forte, & mieux ils la porteront, ils ont l'esprit le mieux fait du monde, & je les ai mis sur le pied de prendre les brocards des gens de Cour pour des complimens. A ce soir, mon cher Duc, je t'embrasse.   Le Marquis DE MONCADE.

Voilà, je vous assure, un méchant homme!
MARTON.
Je crains bien que nous ne soyons pas enmarquisées.
Me. ABRAHAM.
Auroit-on pensé cela de lui ?
M. MATHIEU.
Après cela, fiez-vous aux Courtisans. Je me serois donné au diable que c'étoit un honnête homme. J'étois en garde contre lui, & il m'a pris comme un sot.
MARTON.
Ce qui m'en fâche le plus, c'est que vous avez payé cette pilulle deux Louis d'or au Coureur·
Me. ABRAHAM.
Quand je lui en aurois donné dix, je ne m'en repentirois pas. Sa méprise nous fait ouvrir les yeux.
MARTON.
Le voilà qui revient.

SCENE IV.

Me. ABRAHAM, BENJAMINE, M. MATHIEU, MARTON, LE COUREUR.

LE COUREUR.
EH! Morbleu, Mesdames, Qu'ai-je fait ? Voilà votre Lettre; & je vous ai donné celle que Monsieur le Marquis écrivoit à un Duc de ses amis. Donnez. Par bonheur le cachet n'est pas rompu, je vais la raccommoder, & la porter en diligence. Je vous prie de ne lui point parler de ce quiproquo. Il n'est pas aisé, il m'assommeroit. Serviteur.
MARTON.
Au diable, Messager de malheur.

SCENE V.

Me. ABRAHAM, M. MATHIEU, BENJAMINE, MARTON.
BENJAMINE.
JE n'ai pas la force d'ouvrir celle-ci.
MARTON.
Donnez, donnez-moi. Or écoutez.

M. MATHIEU.

Laiſſe cela, Marton. C'eſt, ſans doute, quelque nouvelle inſulte ? Mais il n'aura pas le plaiſir de ſe rire encore
long-tems de nous ; ſon Coureur va lui-même le faire donner dans le panneau. Et ce ſoir, en préſence de ſes amis,
il ſera la dupe de ſes perfidies.

Me. ABRAHAM.

Je ſuis hors de moi.

BÉNJAMINE.

Que faut-il que je devienne ?

M. MATHIEU.

Il faut vous racommoder avec Damis ; il m'attend chez
moi. Marton, va le faire venir.

BENJAMINE.

Non, mon Oncle, laiſſez-moi plutôt enſevelir ma honte
dans un Couvent.

M. MATHIEU.

La belle penſée !

BENJAMINE.

J'ai rebuté Damis : quelle honte de retourner à lui !

M. MATHIEU.

Il ſera ravi de vous avoir.

MARTON.

Hé bien, le ferai-je venir ?

M. MATHIEU.

Oui, va.   MARTON, ſortant.
Adieu, le Marquiſat, adieu, la Cour.

SCENE VI

Me. ABRAHAM, M. MATHIEU, BENJAMINE.

Me. ABRAHAM.

ENcore une choſe qui me chagrine, mon Frere.

M. MATHIEU.

Qui ? Qu'eſt-ce ?

Me. ABRAHAM.

C'eſt que j'ai eu la foibleſſe de faire à ce beau Marquis
un dédit de cent mille francs.

M. MATHIEU.

Cent mille francs ? Ma Sœur, vous craigniez de le manquer.

Me. ABRAHAM.

Cela eſt fait.

M. MATHIEU.

Il faudra lui donner en payement les Billets que vous avez à lui : auſſi bien c'étoit une dette aſſez deſeſperée. Vous êtes encore trop heureuſe de ce qu'il ne vous en coûte pas tout votre bien & votre Fille.

Me. ABRAHAM.

Que ne vient-il à préſent le perfide ?

M. MATHIEU.

Non, ma Sœur. Feignons pour le faire tomber dans le piége que je lui tends.

Me. ABRAHAM.

Il vaut donc mieux que je me retire, car je ſuis outrée ; je ne me poſſéderois pas. Je vais envoyer chercher notre Couſin le Notaire.

M. MATHIEU.

Vous, Damis va venir, faites votre paix avec lui. Le voici déja. Je vous laiſſe enſemble.

BENJAMINE.

Reſtez avec moi, mon Oncle. Que vais-je lui dire ? Que ſa préſence m'embaraſſe ?

S C E N E   V I I.

BENJAMINE, DAMIS.

DAMIS.

ENfin, adorable Benjamine, c'en eſt donc fait ? Vous épouſez le Marquis de Moncade ? Je vous perds pour toujours ? Quoi ! Vous ne daignez pas tourner la vue ſur moi. Ah, Benjamine !

BENJAMINE.

Ah ! Damis, je n'oſe lever les yeux, & je mérite que vous me haïſſiez.

DAMIS.

Non, je vous aimerai toujours, toute infidéle que vous êtes. Je voudrois que le Marquis pût vous offenſer, qu'il pût mériter votre haine : mais non, vous êtes trop belle, trop bonne : qui pourroit jamais ſe réſoudre à vous déplaire ?

BENJAMINE.

Hé bien ? Si cela étoit, Damis ?

DAMIS.

Ah ! Quel plaiſir j'aurois à vous voir revenir à moi !

BENJANINE.

Vous vous ſouviendriez éternellement que je vous quit-

tois ; & que vous ne me devez qu'au dépit.
DAMIS.
Non, ma chere Benjamine.
BENJAMINE.
Qui m'en affureroit !
DAMIS.
Mon amour, mon cœur : oubliez le Marquis, oubliez
votre infidélité : & moi je ne m'en fouviens déja plus.
BENJAMINE.
Damis, je ne me la pardonnerai jamais.
DAMIS.
Ciel ! Qu'entends-je ? Quoi ? Je revois en vous cette
chere Benjamine, dont la tendreffe....
BENJAMINE.
Oui, Damis, & je ne reverrai jamais qu'en vous ce qui
pourra me plaire.   *Damis lui baife la main.*

SCENE VIII.

M. MATHIEU, DAMIS, BENJAMINE.

M. MATHIEU.
CE que je vois me perfuade que vous êtes racommodés.
Hé bien, que vous avois-je promis ?
DAMIS.
Ah ! Monfieur, il falloit ce petit démêlé pour me faire
mieux fentir tout l'amour que j'ai pour elle.
BENJAMINE.
Et moi, pour me faire connoître tout ce que vous valez.
M. MATHIEU.
Fort bien. Notre Coufin le Notaire eft ici. Je lui ai expli-
qué les intentions de votre Mere & les miennes : il travail-
le à votre Contrat de mariage. Oh ! Ma foi, Monfieur le
Marquis aura un pied de nez.

SCENE IX.

M. MATHIEU, DAMIS, BENJAMINE, MARTON.

MARTON.
VOilà Monfieur le Marquis qui vient ici avec deux Sei-
gneurs de fes amis.
BENJAMINE.
Evitons-les, mon Oncle.   M. MATHIEU.

M. MATHIEU.

Oui, vous avez raifon. Il n'eft pas encore tems de paroître. En attendant que le Contrat foit prêt, fuivez moi
chez ma Sœur. Marton, refte-là pour les recevoir.

SCENE X.

MARTON, *feule.*

LE maudit Coureur ! Hem ! Je l'étranglerois, le chien
qu'il eft, avec fon quiproquo ! il n'y a que moi qui
perds à cela. Oh ! Il n'en eft pas quitte.

SCENE XI.

LE MARQUIS, LE COMMANDEUR, LE COMTE, MARTON.

LE MARQUIS.

VEnez, venez, mes amis.

LE COMTE, *embraffant Marton.*

J'embraffe d'abord. Eft-ce là ta Future, Marquis ? Elle
eft, ma foi, drôle.

LE MARQUIS.

Eh non, Comte, tu te trompes.

LE COMMANDEUR.

C'eft à coup fûr quelqu'une de fes Parentes.

LE MARQUIS.

Tout auffi peu, Commandeur. C'eft la fuivante. Mais
où eft donc Madame Abraham, M. Mathieu, Mademoifelle Benjamine ? Je les croyois ici. Va donc leur dire qu'ils
viennent, que ces Meffieurs brûlent de les voir & de les fa-
luer.

MARTON.

J'y vais, Monfieur.

LE MARQUIS.

St. St. Et mon Billet ? Tu ne m'en dis rien. Comment
a-t'il été reçu ? Ils en font tous charmés, n'eft-ce pas ?

MARTON.

Affurément. Ils feroient bien difficiles.

LE MARQUIS.

Cela eft leger, badin. Damis lui écrivoit-il fur ce ton ?

H

MARTON.

Non, vraiment.

LE MARQUIS.

A propos de Damis ; il eſt ici, ne ſera-t'il pas des nôtres ? Que Benjamine l'arrête, je le veux, dis-lui bien.

MARTON, *en s'en allant.*

Quel dommage que de ſi aimables petits hommes ſoient ſi ſcélerats dans le fond !

SCENE XII.

LE MARQUIS, LE COMMANDEUR, LE COMTE.

LE COMTE.

PArbleu, Marquis, tu me mets-là d'une partie de plaiſir des plus ſingulieres. Elle eſt neuve pour moi.

LE MARQUIS.

Tant mieux. Elle te piquera davantage.

LE COMMANDEUR.

Aurons-nous des Femmes ?

LE COMTE.

Le Commandeur va d'abord-là.

LE MARQUIS.

Oui ; je t'en promets une légion, tant Femmes que Filles, & toutes de la Parenté ; ces petites gens peuplent prodigieuſement.

LE COMMANDEUR.

Un de mes grands plaiſirs eſt de regarder une Bourgeoiſe, quand un homme de condition lui en conte. Pour faire l'aimable, elle fait les plus plaiſantes mines du monde; ce ſont des ſimagrées, elle ſe rengorge, elle s'évanouit, elle ſe flatte, elle ſe rit à elle-même ; on voit ſur ſon viſage un air de ſatisfaction, & de bonne opinion.

LE COMTE.

Oh! Morbleu, Commandeur, je te donnerai ce plaiſir-là. Je me promets de bien déſoler des Maris, & de lutiner bien des Femmes.

LE COMMANDEUR.

Tu leur feras honneur à tous. Tu verras les Maris ſourire avec un viſage gris-brun, & les Femmes n'oſeront

feulement fe défendre. Oh ! ils fçavent vivre les uns &
les autres.

SCENE XIII.

LE MARQUIS , LE COMMANDEUR , LE COMTE,
UN COMMISSAIRE , MARTON.

MARTON.

Monfieur le Marquis , la Compagnie va venir.

LE MARQUIS.

Qu'eft-ce déja que ce vifage-là ?

MARTON.

C'eft M. le Commiffaire, un beau-Frere de feu M. Abraham.

LE MARQUIS.

Aprêtez-vous , mes amis, voilà déja un de nos Acteurs.
Soyez le bien venu , mon Oncle le Commiffaire.

MARTON , *bas.*

Je m'aprête à bien rire.

LE COMMISSAIRE.

M. le Marquis !...

LE MARQUIS.

Commandeur, Comte , embraffez donc mon Oncle le
Commiffaire.

LE COMMANDEUR.

Embraffons.

LE COMTE.

De tout mon cœur.

Le MARQUIS.

Il peut vous rendre fervice.

LE COMMISSAIRE.

Je le fouhaiterois.

LE COMTE.

Oh ! Je connois Monfieur le Commiffaire ; c'eft un
galant : tel que vous le voyez, il femble qu'il n'y touche pas.

LE COMMISSAIRE.

Monfieur , en vérité....

LE COMTE.

Il n'y a pas long-tems que je lui ai fouflé une petite Fille,
auprès de qui il avoit déja fait de la dépenfe.

LE COMMISSAIRE.

Ce font des bagatelles.

LE COMMANDEUR.

Oui, une Maîtreffe eft une bagatelle pour un Commiffaire ; il eft à la fource.

MARTON , *bas.*

Voilà un pauvre diable en bonne main.

SCENE XIV.

M. LE MARQUIS, LE COMMANDEUR, LE COMTE,
Me. ABRAHAM, BENJAMINE, M. MATHIEU,
DAMIS, LE COMMISSAIRE, MARTON.

MARTON.

Messieurs, voici toute la nôce qui arrive.

M. MATHIEU.

Ne difons rien, tous tant que nous fommes. Laiffons-
leur faire toutes leurs impertinences. Nous aurons bientôt
notre revanche. Il va être bien pris.

LE MARQUIS.

Ah ! Madame Abraham, ... Allons Commandeur, Comte,
je vous les préfente, faites-leur politeffe, je vous en prie.

LE COMMANDEUR.

Madame Abraham , c'eft par vous que je commence.
Sans rancune.

LE MARQUIS.

Elle m'a promis qu'elle ne te rançonneroit plus.

à part.   Me. ABRAHAM.

J'ai bien de la peine à me contraindre.

LE COMTE.

A moi Madame Abraham. Morbleu, je vous donne mon
eftime. Le diable m'emporte vous allez être la femme du
royaume la mieux engendrée.

LE MARQUIS.

A ma future.

LE COMMANDEUR.

Pour moi, je lui ai déjà fait mon compliment.

LE COMTE.

Et moi je la garde pour la bonne bouche, & je cours
à ce gros pere aux écus. Morbleu, il a l'encolure d'être
tout coufu d'or.   LE MARQUIS.

C'eft mon très-cher oncle M. Mathieu.

à part.   M. MATHIEU.

Tu ne feras pas mon très-cher.

LE COMMADEUR.

Que je vous embraffe auffi, M. Mathieu ; il y a long-tems
que je cherchois à être en liaifon avec vous. Toute la Cour
vous connoît pour un homme d'un bon commerce, pour
un homme de crédit.

M. MATHIEU.

Cela me fait bien du plaifir.

LE MARQUIS.

Et mon petit coufin le Confeiller, Meffieurs, ne lui direz-
vous rien ?   MARTON, *bas.*

Je m'étonnois qu'il l'oubliât.

LE MARQUIS.

Si vous avez des procès, il vous les jugera. Saluez-le
donc, allons.

LE COMMANDEUR.

De toute mon ame. A toi la balle, Comte.

LE COMTE.

J'y fuis Commandeur.

LE MARQUIS.

C'eft le meilleur petit caractere que je connoiffe. J'époufe
fa Maîtreffe, eh bien, il foutient cela en heros.

DAMIS *bas.*

Nous verrons.

LE COMMANDEUR.

Malepefte ! cela s'appelle fçavoir prendre fon parti.

LE COMTE.

J'en fuis à Madame la Marquife.

BENJAMINE.

Cette qualité ne m'eft pas dûe.

LE COMTE.

Oh ! pardonnnez-moi, & fi M. le Marquis ne vous époufe
pas, je vous épouferai moi.

BENJAMINE, *bas.*

Je merite bien cela.

LE COMMANDEUR.

N'avons-nous plus perſonne à haranguer ?

LE MARQUIS.

Non, ſi ce n'eſt Marton.

LE COMMANDEUR.

Oui-dà, il faut qu'elle ait auſſi ſa part. Viens ça,

LE COMTE.

J'ai commencé par elle.

LE COMMANDEUR.

Elle a une mine libertine qui me plaît.

LE MARQUIS.

Sa mine n'eſt point trompeuſe, je gage.

MARTON *bas.*

Voilà pour moi.

S C E N E XV.

Les Acteurs de la Scene précédente.

LE NOTAIRE.

M. MATHIEU.

A Notre tour, nous allons voir beau jeu ; approchez mon couſin le Notaire.

LE MARQUIS.

Il vient fort bien : Embraſſons mon Couſin le Conſeiller Garde-note. Ne trouvez-vous pas, Meſſieurs, qu'il a une phyſionomie bien avantageuſe ?

LE NOTAIRE.

Laiſſons-là ma phiſionomie, Meſſieurs ; vous vous moquez de moi ſans doute, mais il n'eſt pas tems de rire : Voilà le contrat qu'il eſt queſtion de ſigner.

LE COMMANDEUR.

Monſieur le Notaire a raiſon. Oui, ſignons, nous rirons bien davantage après.   *tout le monde ſigne.*

DAMIS.

Souffrez qu'à mon tour, Meſſieurs, je vous prie à ma nôce.

LE COMTE, *riant.*

Plaît-il.

LE MARQUIS, *riant.*

Comment ? comment ? Qu'eſt-ce à dire.

LE COMMANDEUR, *riant.*

Il y a du mal entendu.

Me. ABRAHAM.

Cela veut dire M. le Marquis qu'il y a long-tems que nous servons de jouet.

LE MARQUIS.

Je ne vous entends pas. Expliquez-moi cette énigme.

MARTON.

Le mot de l'énigme est, que votre coureur a donné par méprise, ou peut-être par malice, à Mademoiselle, une lettre que vous écriviez à un Duc de vos amis....

Me. ABRAHAM.

Et que je ne veux pas que vous vous encanailliez.

LE COMMANDEUR, *riant.*

Ah ! ah Marquis, tu ne seras pas marié.

LE COMTE.

Il ne faut, morbleu, pas en avoir le démenti.

LE MARQUIS.

Parbleu, mes amis, voilà une royale Femme que Madame Abraham ? Je ne connoissois pas encore toutes ses bonnes qualités. Je m'oubliois, je me deshonorois, j'épousois sa Fille ; elle a plus de soin de ma gloire que moi-même ; elle m'arrête au bord du précipice. Ah ! embrassez-moi, bonne Femme, je n'oublierai jamais ce service. Mais vous payerez le dédit, n'est-ce pas ?

Me. ABRAHAM.

Il le faut bien, puisque j'ai été assez sotte pour le faire. Monsieur, je vous rendrai, pour m'acquitter, les Billets que j'ai à vous.

LE MARQUIS.

Ah ! Madame Abraham, vous me donnez-là de mauvais effets. Composons à moitié de profit, argent comptant.

M. MATHIEU.

Non, Monsieur, c'est assez perdre.

LE MARQUIS.

Adieu, Madame Abraham ; adieu, Mademoiselle Benjamine ; adieu, Messieurs ; adieu, Monsieur Damis, épousez, épousez, je le veux bien ; allons, allons, mes amis, allons souper chez Payen.

SCENE DERMIERE.

Me. ABRAHAM, BENJAMINE, M. MATHIEU,
DAMIS, LE COMMISSAIRE, MARTON.

MARTON.

HE bien, vous vous promettiez de le berner, c'est encore lui qui se moque de vous.

M. MATHIEU.

Allons, allons achever le mariage, & nous réjouir de l'avoir échapé belle.

MARTON.

Et vous, Messieurs, s'il vous semble que ce soit ici une bonne école, venez y rire.

F I N.